JN079659

いのちの水

トム・ハーパー ［作］

中村吉基 ［訳］・望月麻生 ［絵］

いのちの水

LIVING WATER

Excerption from
FOR CHRIST'S SAKE
by Tom Harpur
1986

This Japanese translation is permitted
by Susan Harpur

むかしあるところに、岩だらけの広い荒野があった。
茨を除けば、地には何も生えていなかった。

この荒野に一本の長い道があった。
巡礼者が通る道だった。
巡礼の途上、人々は足の痛みとのどの渇きに苦しみ、
疲れ果て、不安と恐怖におびえた。

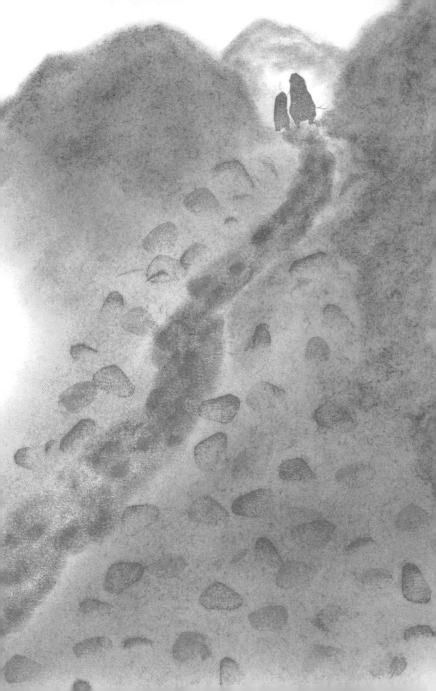

この荒野に、岩から水が湧き出ている場所があった。
誰がこの泉を発見したのか知られていない。

何世代も前から、旅人たちは決まってその湧き水で立ちどまり、その水を飲んで力を取り戻した。
彼らはただ単にのどの渇きが潤（うるお）されるだけでなく、より深い欠乏が満たされることを体感して驚き、喜んだ。

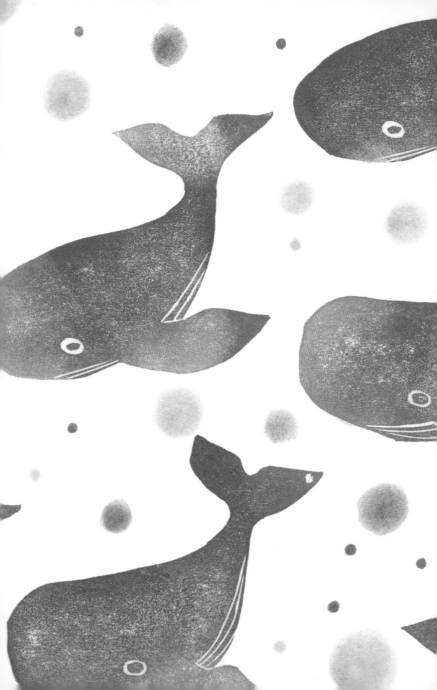

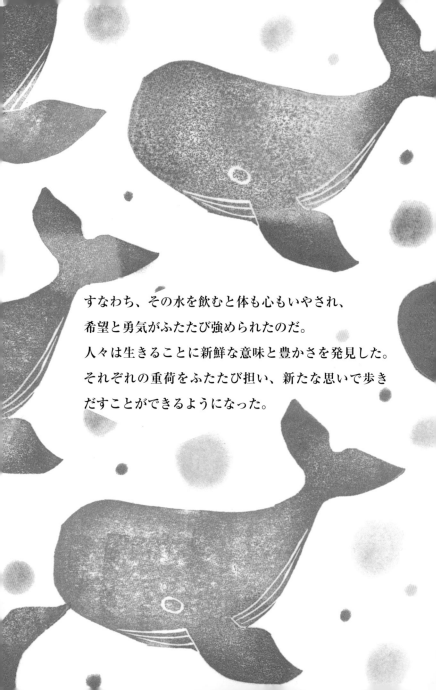

すなわち、その水を飲むと体も心もいやされ、
希望と勇気がふたたび強められたのだ。
人々は生きることに新鮮な意味と豊かさを発見した。
それぞれの重荷をふたたび担い、新たな思いで歩き
だすことができるようになった。

巡礼者たちはこの泉を「生ける水が溢れる場所」と名づけ、この水を「いのちの水」と呼んだ。

時を経て、さまざまな人々がこの泉に感謝を表す
ため、石を持ち寄って積み重ね、記念碑を建てる
ようになった。

それからさらに何百年かの時を経て、
記念碑はだんだん大袈裟になり……

ついには泉の上に要塞のような大聖堂が建てられ、
周囲は高い壁で完全に囲まれてしまった。

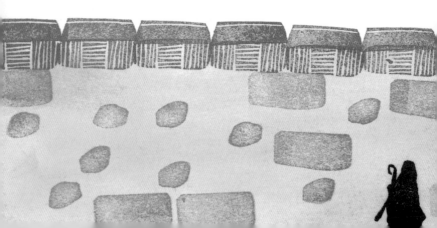

そして泉の純粋さを守るために、特別な祭服を
まとい、仲間内でしか通用しない特別な言葉を
話す、特別な階級の人たちが、さまざまな規則
を定めた。

これによって水を飲める人が限定され、
いままでのように誰もが自由に近づく
ことはできなくなった。

その水を誰が飲めるのか、いつ飲めるのか、どうやって飲めるのかについて、意見の相違が生じ、そのため激しい争いに至ることもしばしばあった。

争いに勝った人たちは記念碑を建て増し、
勝利のしるしとして、もっと頑丈な壁を造った。

泉は完全に覆われ、ついには見えなくなってしまった。
それがいつ誰によってなされたかを記憶する者はいない。

巡礼者たちがどんなにこの有り様を非難しようと、また、どれほど多くの人々が倒れて死に瀕していようと、壁の内側で泉を守っている人たちは、彼らの叫びを嘲るか、端的に無視するかのどちらかだった。

そして聖所の中では、「いのちの水」が遠いむかし巡礼者たちにもたらした恵みを記念する、麗しい礼拝が行われていた。

郵便はがき

料金受取人払郵便

牛込局承認

4086

差出有効期間
2024年1月
31日まで

162-8790

東京都新宿区新小川町９ 1

株式会社　新教出版社　愛読者係
行

<お客様へ>
お買い上げくださり有難うございました。ご意見は今後の出版企画の参考とさせていただきます。
ハガキを送ってくださった方には、年末に、小社特製の「渡辺禎雄版画カレンダー」を贈呈します。個人情報は小社、提携キリスト教書店及びキリスト教文書センター以外は使用いたしません。
●問い合わせ先 ： 新教出版社販売部　tel　03－3260－6148
email : eigyo@shinkyo-pb.com

今回お求め頂いた書籍名

お求め頂いた書店名

お求め頂いた書籍、または小社へのご意見、ご感想

お名前	職業

ご住所　〒

電話

今後、随時小社の出版情報をeメールで送らせて頂きたいと存じますので、お差し支えなければ下記の欄にご記入下さい。

eメール

図 書 購 入 注 文 書

書　　　　　名	定　　価	申込部数

そのかたわら、壁の外では、人々がのどの渇きで
死に瀕していた。

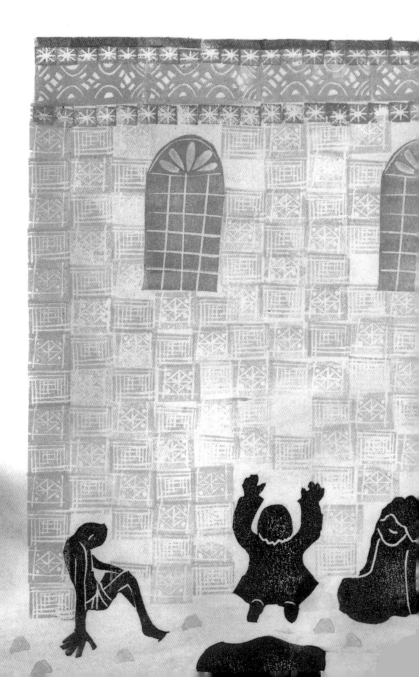

とうとう多額の費用をかけて、遠方から他の水も
引き込むことになった。

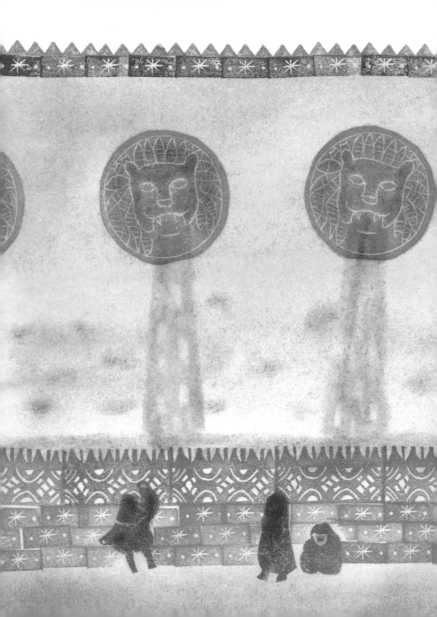

しかし、それは、泉がすべての人々の憩いの場で
あった頃に比べれば、かつての面影はなく、安っ
ぽい造り物にしか見えなかった。

ときどき荒野から見慣れぬ人たちがやって来ては、泉を管理する者たちに、「悔い改めよ、誰もがふたたびその水を飲んで力を得られるよう、すべての境界をなくせ」と迫った。

後にこの人たちは「預言者」と呼ばれるようになって、
神殿で大いに尊敬されることになった。しかし彼らが
抗議を始めた頃は、まったく聞き入れられず、あまつ
さえ多くの者が殺された。

そしてついに、旅路を往く人々の圧倒的多数は、いまや聖所として整えられた「生ける水が溢れる場所」を避けて、水を飲まずに何とか生き延びるようになった。彼らの多くは神殿のかたわらを通り過ぎるとき、むかし聞いた隠された泉の物語を思い起こし、言葉にできぬほど強い懐かしさと憧れに捉えられた。

別の人々は、「もしかしたら、もともといのちの水など
存在しなかったのではないか」という懐疑に苛まれた。

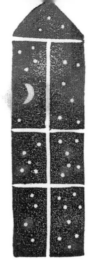

しかし夜になって賛美や儀式のすべてが終わり、静寂が戻った頃、神殿にそっと入り込んで憩いの時を過ごしていたごくわずかな巡礼者たちの耳には、ときおり奇跡のような音が聞こえていた。

それは、巨大な岩で造られた聖堂の礎石の、はるか深い

底から聞こえてくる、流水のかすかなこだまだった。

そのとき、決まって人々の眼は涙で覆われるのだった。

私と「いのちの水」

榎本てる子

　1985年、私は、牧会カウンセリングを勉強するためにカナダの神学校へ留学しました。ちょうどラテンアメリカの民主化運動の中で多くの人々が聖書を読み直し、今までのキリスト教のあり方を問い直していた時代です。その頃の神学部は、日本でもカナダでも解放の神学が主流でした。私も、闘う宗教者たちのことを講義で聴き、解放の神学から強く影響を受けました。そして教会とはどんな場所であるべきかと考えていました。

　またその頃はアメリカでエイズが、主に同性愛者の間で流行し始めた時期でもありました。一方には同性愛者を罪人として裁き、エイズを神様からの罰だと主張する人々がおり、他方には愛をもって患者をケアすべきだとする人々がいて教会が分かれ、神学的な論争が起こっていました。私は、肉体的な死と直面しながら同時に社会的な死を苦しんでいる人たちと出会い、神学的な議論の中で「人」が忘れられていることに疑問を感じていました。

　1986年のある日、トム・ハーパーという、新聞にコラムを書いていた有名な神学者が新刊書を携えて講演に来るというチラシを見ました。カナダの神学者ってどんなことを話すのだろうという興味本位で講演会に行きました。講演の内容は全く覚えていませんが、感動してその本を購入し、サインをしてもらいました。その夜寮に戻って読み始めたのですが、最初の4ページくらいで「いのちの水」の寓話が出て来て、そこから進めなくなったのです。「人」が忘れられたまま神学論争がされている状況に悲しい思いをしていた当時の私の気持ちを、この寓話はあまりにも的確に表現していたからです。

　日本に帰ってきて、いろいろな活動を始めたいと思いました。先輩牧師に相談すると、「あなたの考えていることは今の日本の教会ではまだ無理よ。教会は牧師のものじゃない、ずっと教会を守ってきた教会員さんの思いが大

切なのよ」と諭されました。そこで、エイズ、セクシュアリティ、滞日外国人、薬物依存症などなど、私が問われてきた多くの課題を、教会の外で展開していくことになったのです。

　あれから25年。「いのちの水」は私たちの現場でどうなっているのでしょう？　「開かれた教会」とはいったいどのような教会なのでしょう？

　ここ10年ほど、神学部では、若い世代の学生たちから学ぶ機会が多くあります。先日も、キリスト者でないある学生から、「先生、人権に関わっているクリスチャンたちは、見える形で差別を受けている人たちのためだけに行動しているように思います。表立って差別されたり偏見をもたれたりしていない人たちには関心がないように思います」と指摘され、はっとしました。社会構造の中で抑圧されてきた人たちと共に声を上げていくことはとても大切なことです。しかし、それは人を箱の中に入れ、「支援する人」と「支援される人」という関係に固定してしまう可能性もあります。この学生は私に、社会変革への声を上げることと同じように、人とどのように出会っていくのかを問うてくれました。

　この出会いで、「いのちの水」の読み方が少し変わりました。いま私に強く響くのは、「……ときおり奇跡のような音が聞こえていた。それは、巨大な岩で造られた聖堂の礎石の、はるか深い底から聞こえてくる、流水のかすかなこだまだった。そのとき、決まって人々の眼は涙で覆われるのだった」という箇所です。自分自身の中で、神様と出会った喜びを忘れ、社会にある様々な「問題」に関わることが中心になり、「私」と「あなた」の出会いを大切にしていなかった自分に気づくことができました。私自身の渇きを潤してくださる神様との出会いによって押し出される者でありたいと願っています。

　みなさんは、この寓話のどの言葉に共感されるでしょうか。

（えのもと・てるこ　関西学院大学神学部准教授）

訳者あとがき

　それは不思議な魅力をもつ寓話でした。わずか数行を読み進めるだけの間に、なぜかぐいぐいと引き込まれる経験をしたのです。2004 年のことでした。日本キリスト教団の伝道委員会が当時発行していた『働く人』の紙上で、榎本てる子牧師によって紹介された「生ける水」（いのちの水）に言い表されていることは、それ以降の私の伝道者・牧会者としての歩みを方向づけるものとなった、と云っても過言ではありません。

　この寓話は、カナダの神学者トム・ハーパー氏の著作 For Christ's Sake の序文に収録されています。今回この本に寄せてくださった榎本てる子牧師の「私と『いのちの水』」によれば、カナダ国内で活躍されていたようですが、私たち日本の者にとっては馴染みのない人物です。元カナダ聖公会の司祭、人気ワイドショーの司会者等々、多彩な才能を持っていたようですが、残念ながら今年（2017 年）の 1 月に 87 歳で天に召されています。宗教学者の島田裕巳氏によって彼の著書『キリスト神話──偶像はいかにして作られたか』（原題 The Pagan Christ）が邦訳されているのみですが、彼の召天の年に 2 冊目の小さな書物が公になることは感慨深いものがあります。

　ハーパー氏が「いのちの水」にどのような思いを抱いていたのか、今となっては知ることができません。それが唯一の心残りです。今回の翻訳に当たって、その範を取ったといわれる The Well and the Cathedral: An Entrance Meditation (Ira Progoff, 1983) に目を通し、逐一調べましたが、その痕跡を見出すことはできませんでした。

　今回、この「いのちの水」の寓話部分のみを絵本として出版するに当たっては、ハーパー氏のお連れ合いのスーザン・ハーパーさんの承諾を得、望月麻生牧師による挿画、そして新教出版社のご理解がなければ実現すること

ありませんでした。またご著書の中で、この寓話をご紹介くださった小海基牧師、そして何よりも日本で最初に紹介してくださった榎本てる子牧師に感謝を申し上げます。

　そして、この小さな絵本が、信仰、思想、性別、人種、年齢、価値観、経歴などを超えて一人でも多くの人に読まれることを心から願っています。そしてあらゆる「壁」を打ち壊し、「いのちの水」を自身の手で得る働きを、「今、ここ」からご一緒に始めて行けるならば、きっと素晴らしい世界が実現することでしょう。

2017 年初秋に

画家あとがき

望月麻生

　「いのちの水」の絵は、消しゴム版に彫った版画にパステル画を組み合わせて描いた。家にあった画材を組み合わせてみたところ、その二つが妙に相性が良かったのである。消しゴム版の版画とは、いわゆる「消しゴムはんこ」なのだが、全部で大小 150 個以上のパーツを彫った。中には様々な場面で登場しているものもあるから、探してみてほしい。

　パステルは、50 年近く前のものだ。父が高校時代に買ったというものを受け継いだのである。まったく使っていない色もあった。長い時を眠って待っていた色が初めて紙にのり、あの泉に湧く水となった。

　絵の制作は、実に多くのお支えがあってこそ出来ることだった。本業である牧師としての仕事も盛りだくさんの時期だったから、なおさらである。

　特に、私に声をかけてくださった中村吉基さん、多くのアドバイスと励ましをくださった新教出版社の小林望社長、冷房の効いた部屋を貸してくださった市川三本松教会の外谷牧師夫妻、あたたかく見守ってくださった四街道教会の方々と家族の皆さん、ありがとうございました。主に在って。

作者　トム・ハーパー（Tom Harpur）
1929-2017。カナダの神学者、聖公会司祭。トロント大学で新約聖書学などを講じた。またマスメディアでも活躍した。キリスト教に対する革新的な解釈で話題を呼んだ。

訳者　中村吉基（なかむら・よしき）
1968年、金沢に生まれる。大阪芸術大学（詩学専攻）、日本聖書神学校卒業。日本基督教団代々木上原教会主任牧師。著書『マイカルの祈り　9.11同時多発テロに殉じた神父の物語』（あめんどう）他。

画家　望月麻生（もちづき・あさを）
1983年、静岡に生まれる。同志社大学神学部・同大学院で学ぶ。日本基督教団足利教会牧師。

いのちの水

第1版第1刷発行　2017年 11月20日
第1版第3刷発行　2023年 10月20日

発行者　小林　望／発行所　新教出版社
162-0814　東京都新宿区新小川町9-1
電話 03-3260-6148／ファクス 03-3260-6198
http://www.shinkyo-pb.com
印刷・製本　モリモト印刷株式会社

ISBN 978-4-400-62775-3　C1097